Café Kommunal

Hamburg. Das Gästebuch lädt zum Stöbern ein, zum Verweilen. Manch ein Gast bestellt zunächst ein Getränk, einen Kaffee oder auch ein Glas Wein, zündet sich einstweilen eine Zigarette an, bevor er in der Schreibkladde zu stöbern beginnt. Michael legte das Buch vor einigen Jahren notwendend gut sichtbar auf dem Tresen im Café Kommunal für die Gäste aus, deren Geschichten er zu lauschen nicht die Zeit fand, hatte er sich um die Bewirtung der übrigen Gäste zu kümmern. Ganz nach Belieben gestattete Michael Jedermann, seine Geschichte aufzuschreiben. Ob ausgedacht oder aus dem Leben desjenigen gegriffen, auf diese Weise entstanden Einsichten, die ansonsten verborgen verwahrt geblieben wären.

Jens Hanisch, 1970 in Dortmund geboren, wuchs in Lüneburg auf. Er wohnte zwanzig Jahre lang in Hamburg und lebt seit 2013 in Norderstedt. Mit „Mondsee Philomela" veröffentlichte er seinen ersten Roman im August 2013. 2017 folgte „Lena van de Velde."

Jens Hanisch
Café Kommunal
Gästebuch

Bibliografische Information der Deutschen Nationalbibliothek:
Die Deutsche Nationalbibliothek verzeichnet diese Publikation in
der Deutschen Nationalbibliografie; detaillierte bibliografische
Daten sind im Internet über http://dnb.dnb.de abrufbar.

© 2020 Jens Hanisch – www.eudämonis.de
Illustration: Jens Hanisch
Herstellung und Verlag: BoD – Books on Demand, Norderstedt

ISBN: 978-3-7519-3420-6

Verschwunden, eingekehrt in den Hafen Eudämonis, ein Zustand vollkommener Befriedigung, Ort der Wunschlosigkeit. – Nach langer unermüdlicher Fahrt, der schwere Gang durch das hölzerne Tor öffnet den Blick: Vor mir der Kosmos, die Sterne, Weltatem, Regelmäßigkeit, Rotation. – Frei, das Tor zur Welt steht offen, erblicke ich Schönheiten, die ich bis dahin nie erblickt: Einfach, klar, zurück bleibt einzig Staunen. (Johanna)

SchreibWerkStadt
Jan

Das war Glück, erzählte ich später. Etwas zu meinem Glück, nicht all umfassend. Gespannt kehrte ich nach meiner ersten langen Reise in die Wincklerstraße nach Hamburg zurück. Länger als drei Jahre war ich unterwegs gewesen. Gegen Mittag ließ ich meinen schweren Rucksack von der Schulter gleiten. Ich stellte ihn rechts neben der Eingangstür in den Hauseingang und klingelte. Hier hatte ich vor meiner Abreise knapp drei Jahre lang in einer der zwei Dachgeschosswohnungen gelebt. Eine Einzimmerwohnung, mit einer kleinen Küche, einem kleinen Badezimmer, Flur und einem kleinen Balkon. Ich wandte mich um und half Vatey, meiner Gefährtin – wie ich sie insgeheim zu nennen pflegte –, den Rucksack abzunehmen. Wenig später öffnete Thomas die Eingangstür.

„Die Wohnung ist zur Zeit an Anna vermietet", erklärte Thomas nach wenigen Minuten. „Du kennst sie noch? – Stattdessen kannst du aber den Laden hier unten mieten, der steht frei."

Mit einem kurzen Blick nach rechts sah ich durch das staubige Fenster in den vorderen Raum des leerstehenden Ladengeschäfts. Ein gutes Stück Arbeit wartete auf mich. Arbeit aber, dachte ich, die bin ich gewohnt. Die Räume bedurften einer kompletten Sanierung. In ihrem Zustand glichen sie einem ungeschliffenen Diamanten. Das Angebot überzeugte mich. An den Verkaufsraum grenzte zur Straße hin ein zweites Zimmer, nach hinten lagen ein drittes Zimmer, eine geräumige Küche sowie ein schmales Badezimmer. Genügend Platz für zwei.

„Den Schlüssel?", fragte ich.

„Den habe ich hier", antwortete Thomas. „Moment!"

Er kramte in seiner rechten vorderen Hosentasche.

„Die Kosten?", bohrte ich nach.

„Die übernehme ich, inklusive der Miete, bis die Sanierung abgeschlossen sein wird."

Er zog einen kleinen Schlüsselbund aus seiner Tasche und überreichte mir diesen.

„Ich hatte das geahnt", meinte Thomas. „Michael, sagte ich, warte die Rückkehr von Jan ab, der wird das Geschäft übernehmen. Und wenn nicht, sagte ich, dann kann ich es immer noch an einen Fremden vermieten. Womit ich wohl Recht behalten habe."

Ich öffnete die Tür zu unserem neuen Reich. Die abgestandene Luft im Laden atmete ich tief ein. Die Rucksäcke stellte ich in das zum Hinterhof liegende Zimmer.

„Willst du auch die Werkstatt im Hinterhof mieten?", fragte Thomas und grinste.

Ich nickte.

„Das wäre perfekt."

Vatey war hinter mir in unser neues Zuhause geschlüpft. Etwas eingeschüchtert aber neugierig war sie durch alle Räume gegangen. Sie stand hinter mir, als ich mich zu ihr umdrehte. Lächelnd blickte sie mich an. Das unvorbereitete Meistern nicht ganz einfacher Momente hatten wir während der vergangenen Monate und Jahre gelernt. Ebenso waren wir daran gewöhnt, mit wenig zurecht zu kommen. Mit der Sanierung würden wir die nächsten Wochen beschäftigt sein, das aber war auch unsere Absicht gewesen. In der Werkstatt im Hinterhof, wo ich zu arbeiten beabsichtigte, Möbel zu reparieren oder zu restaurieren, fanden wir einen alten Tisch sowie eine grob gezimmerte Bank. Wir stellten sie vor das Geschäft in die Nachmittagssonne und sprachen dort über unsere gemeinsamen Pläne für die folgenden Wochen.

„A shrine", erklärte Vatey: „First we need a holy shrine."

Sie hatte Recht. Ein kleiner Hausaltar zum Gedenken ihrer Ahnen würde nicht fehlen dürfen. In nahezu jedem buddhistischen Haus in Südostasien steht unscheinbar ein Schrein. Unseren, den ich die nächsten Tage zimmerte und lackierte, hängte ich von der Straße aus betrachtet an die Wand zu den hinteren Zimmern.

Noch am Tag unserer Ankunft gingen Vatey und ich nach St. Georg in die Lange Reihe, wo sie sich in den kleinen fernöstlichen Geschäften nach den notwendigen Schüsselchen und Räucherstäbchen umsah. Wir klapperten einige indische Läden nach Gewürzen ab, und ich zeigte ihr die Asia-Shops nahe dem Hauptbahnhof, wo sie Reis und Gemüse kaufte. Am

Abend schließlich setzten wir uns auf die Bank vor das Geschäft, wo wir noch unzählige Abende sitzen würden.

Für die Renovierung des Geschäfts benötigten wir insgesamt zehn Wochen. Erst im Anschluss kümmerte ich mich um die Entrümpelung und Einrichtung der Werkstatt. Ich setzte mich nicht unter Druck. Ich verfügte über genügend Zeit. Die ersten Tage schliefen wir in unseren Schlafsäcken im hinteren Raum, unserem Schlafzimmer. Nach einer ersten gründlichen Reinigung wurden das Badezimmer sowie die Küche komplett neu gestaltet, sämtliche Fußböden abgeschliffen, die Wände verputzt, gestrichen, Tür- und Fensterrahmen abgebeizt, geschmirgelt und lackiert. Vatey arbeitete mir zu. Zugleich erkundete sie jedoch auch die ihr fremde Stadt.

Vatey stammte aus Phnom Penh. Ich hatte sie während meines Aufenthalts im Restaurant meines *guesthouse* an der *Riverfront* kennengelernt. In jenen Tagen fand das *Waterfestival* statt. Vatey bediente mich und fragte nach einigem Zögern, ob ich sie am Abend auf das Fest begleiten würde. Anstandshalber traf sie sich mit mir in Begleitung ihrer besten Freundin. Wir schlenderten durch die mit Menschen verstopften Straßen, tranken etwas, aßen eine Kleinigkeit und verständigten uns in gebrochenem Englisch, so gut es ging.

Die folgenden Tage sah ich mir Stadt an. Ich ging

zu Fuß zum Königspalast, hielt ein Tuktuk an und fuhr hinaus zu den *Killing Fields*. Vatey arbeitete in dem Restaurant jeden Tag von morgens bis spät in die Nacht, in Südostasien keine Seltenheit. Die Angestellten erhalten für ihre Dienstleistung während der Arbeitszeit Speisen und Getränke. Ihr Verdienst reduziert sich auf das Trinkgeld, das ihnen gezahlt wird.

Nach einer Woche schließlich wagte sie einen gewaltigen Schritt. Spät am Abend kehrte ich in mein Hotel zurück. Ohne Vorwarnung erkannte ich sie gegenüber der Rezeption sitzend. Kerzengerade saß sie auf ihrem Stuhl, wartete. Etwas nervös empfing mich die Angestellte wegen des unangekündigten Besuchs. Mit einem Nicken wies sie auf Vatey.

„It's okay", erklärte ich. „She's a friend. She isn't a taxidriver girl."

Ich wandte mich Vatey zu. Nach einem knappen *come on* griff sie ihre kleine Tasche und folgte mir die Stufen hinauf in mein Hotelzimmer.

Wie ich später feststellte, hatte sie in die Tasche all ihre Habseligkeiten gepackt. Die Tasche stellte sie neben die Tür.

Als ich aus dem Badezimmer kam, saß sie gleich einem Findelkind auf der Bettkante. Hilflos. All ihre Hoffnung steckte in mir. Ich ahnte, dass sie nicht freiwillig gehen würde. Sie nestelte an den Knöpfen ihrer Bluse, als hätte man ihr erklärt, für die Übernachtung würde ich selbstverständlich eine sexuelle Gegenleistung erwarten.

„No no!", unterbrach ich ihre Absicht. „It´s not necessary."

Erleichterung huschte über ihr Gesicht, der sogleich eine Träne folgte.

Noch heute verzichte ich auf die Gewissheit, auf welche Weise Vatey ihren kläglichen Verdienst aufgebessert hatte, bevor sie mich kennen lernte. Sie schweigt hierüber, ich wage es nicht, sie diesbezüglich zu fragen.

Vatey blieb. Wir lernten uns kennen und lieben. Ich erfuhr, dass ihr Vater im Kampf gegen die Roten Khmer fiel. Ihre Mutter starb wenige Jahre später an Malaria. Nahezu auf sich allein gestellt, verließ sie mit neun Jahren die Provinz Battambang und kam unter bei einem Onkel in Phnom Penh. Sie besuchte die Grundschule, für eine weiterführende Schule reichte das Geld nicht aus.

Das für uns Selbstverständliche wagt der überwiegende Teil der Bevölkerung in Kambodscha nicht einmal zu denken. Ich brauche meine Wünsche nur in die Tat umzusetzen. Dem Kambodschaner aber mangelt es in der Regel am Notwendigsten. Mit den Touristen kam zwar etwas Arbeit in das ansonsten bettelarme Land. Bildung jedoch wie auch die Gesundheit sind nach wie vor Güter, die zu finanzieren den Privilegierten vorbehalten bleiben.

Kurz nach meiner Ankunft in der Hauptstadt setzte ich mich vor das Restaurant an einen Tisch zur Straße hin. Vatey beobachtete ich heimlich aus den

Augenwinkeln heraus. Für sie war dies ein Tag wie jeder andere. Ich bestellte einen Kaffee und beschäftigte mich mit meinem Reisetagebuch. Ich klebte die Fahrkarte der Fahrt mit dem *speedboat* von Siem Reap über den Tonle Sap nach Phnom Penh in das Buch und notierte kurz meine Eindrücke von der atemberaubenden Fahrt über den Binnensee. Gute sechs Stunden lang saß ich gemeinsam mit Rucksackreisenden auf dem silberfarbenen Dach von dem Boot. Unter strahlend blauem Himmel und in sengender Hitze führte der Ausflug zügig an Fischerbooten und den am Rand stehenden schwimmenden Dörfern vorbei.

Vatey stellte sich zu mir an den Tisch und fragte mich nach meinem Herkunftsland.

„Where are you from? What´s your name? How long do you stay in Cambodia? Do you like the country?"

Die gewohnten Fragen, die mir auf meiner Reise in jedem Ort begegneten. Vateys bezauberndes Lächeln jedoch entzückte mich. Ja: Ihr unvergleichliches Lächeln verzauberte mich. Offenherzig blickte sie mich an. Überhaupt war sie ein fröhlicher Mensch. Nur in wenigen Momenten hinterließ sie bei mir einen wirklich traurigen Eindruck. Ganz offensichtlich gefiel ihr das Leben, das sie fortan gemeinsam mit mir führte.

Ein asiatisches Lächeln, muss kein Lächeln sein.

Eine Warnung, die ich häufig hörte, ein gut gemeinter Rat. Während ein Lächeln in europäischen Städten Misstrauen sowie Verunsicherung hervorruft, öffnet ein Lächeln in Südostasien die Pforte zu den Herzen der Menschen. Das Lächeln ist nicht selten der Beginn für eine aufgeschlossene, interessierte Unterhaltung. Vateys Lächeln wirkte aufrichtig und unverdorben. Ihre Seele war nicht zerfressen vom der die Verbindung zur kindlichen Neugier durchtrennenden Argwohn. Ein Sonnenkind, das – so vermutete ich – sein bezauberndes Lächeln auch nicht im Winter einbüßen wird, für sie eine bitterkalte Jahreszeit.

Den Laden richteten wir bunt ein: Fotografien aus Thailand, Vietnam und Kambodscha, Batiken aus Indonesien, eine Tanka aus Nepal, ein Bronzebuddha vom Amulettmarkt in Bangkok, Ganesha, Durgha und Shiva aus Varanasi, das Taj Mahal. Es handelte sich um Erinnerungen, Artefakte aus den von uns während der vergangenen drei Jahre bereisten Ländern. Ein sonderbares Gemisch, unsere Gemeinsamkeit.

Ich entrümpelte die Werkstatt im Hinterhof, um diese für meine Tätigkeit als Tischler und Restaurator einzurichten. Während dieser Arbeiten stieß ich, zugedeckt unter einem ehemals weißen Laken, auf eine kleine Druckmaschine, die aus den fünfziger Jahren stammte.

„Ach ja", erinnerte sich Thomas, als ich ihn auf die Maschine aufmerksam machte. „Die hatte ich vergessen. Die gehört Toni. Ursprünglich verfolgte sie die Absicht, mit der Maschine eigene kleine Publikationen zu drucken und auch zu veröffentlichen. Handverlesen, bestimmt für ein kleines Publikum, illustriert mit kleinen Lithografien, etwas in der Art. Frag sie, wie ihr verfahren wollt! Ich weiß nicht einmal, ob die Maschine überhaupt noch druckt."

Kurzerhand entschied ich, die Maschine dort stehen zu lassen. Ihre Funktionsfähigkeit würde ich zu einem späteren Zeitpunkt prüfen und – falls notwendig – auch reparieren. Ich strich die Wände weiß, kaufte Regale, Werkzeug und bestellte Maschinen. Meine erste Arbeit sollte die Restauration von einem Tisch und vier Stühlen sein. Und nachdem schließlich alles erledigt war, setzte ich mich vor mein Geschäft auf die grob gezimmerte Bank und verschnaufte.

Mit der Entdeckung der Maschine war die Idee in die Wirklichkeit gestiegen: Schreiben. Warum eigentlich nicht? Das Schreiben als Passion. Ein Hobby und Zeitvertreib wie andere Menschen ihre Zeit mit Zeichnen oder Musizieren nutzen, Briefmarken sammeln oder eine Modelleisenbahn in ihrem Keller aufbauen. Der Versuch wird es wert gewesen sein.

Jeden Morgen beobachtete ich die Menschen, die die Straße entlangliefen. Anwohner, Touristen, Lieferanten. Jung wie alt. Bei ihrem Anblick fragte ich mich stets, was diesen einen Menschen die Straße hinab- bzw. hinauftrieb. Einkäufe? Die Tageszeitung? Frische Brötchen? Für die Besichtigung der St. Michaeliskirche, einer Turmbesteigung oder einem Stück Kuchen in den Krameramtsstuben war es zu früh. Gingen sie zur Arbeit? Zum Arzt? Oder zur U-Bahn? Die älteren Kinder befanden sich auf dem Weg in die

Schule. Auf dem Rücken trugen sie ihre Schultaschen oder Rucksäcke. Die ganz jungen Kinder wurden von ihren Eltern an der Hand in den Kindergarten geführt. Stets begleitete mein Denken eine Frage: die nach dem Takt. Was ist der Takt der Zeit? Sie begleitete mich auf meine Spaziergänge in den alten Botanischen Garten, Planten un Blomen, an den Hafen oder die Alster entlang zum Klosterstern. Ich begann, meine Gedanken zu sortieren, sie in einer kleinen Kladde niederzuschreiben, in Worte zu fassen und meinen Beobachtungen auf diese Weise eine Form zu verleihen.

Ich schreibe nicht so schnell, wie ich denke. Das enttäuscht mich. Ich scheitere: Hamburg lässt sich nicht mit wenigen Worten beschreiben. Ein Portrait dieser Stadt zu liefern, gelingt nicht einmal in Episoden, erschöpft sich in Unvollständigkeit. Die Vielfalt entfaltet sich stets neu.

Ende der Sechziger schrieb schon ein Mann über die Menschen in Hamburg. Einfältig folgte ich den Spuren des Erzählers zum Jungfernstieg, zum Fischmarkt und zu den St. Pauli Landungsbrücken. Ich trank im Alsterpavillon einen Milchkaffee und in einer Hafenkneipe Bier und Korn. Erstaunt räumte ich ein, die Orte nicht wie beschrieben vorzufinden. Und auch *der Hamburger* dürfte sich inzwischen gewandelt haben.

„Was ist das?", fragte ich Anna. Wir saßen vor dem Geschäft und aßen gemeinsam zu Abend. „Der

Takt der Zeit? Was zeichnet die Gegenwart aus, in der wir leben?"

„Meine Meinung?", fragte sie. „Der Tod schlägt den Takt zur Zeit. Die Gewissheit deiner Vergänglichkeit treibt dich an, das Bewusstsein über deine nicht zu entrinnende Endlichkeit. Diese erzeugt den Willen, Leben zu gestalten. Aber: Fragst du nicht mehr nach dem Zahn der Zeit?"

Der Zahn der Zeit: Mit meiner Kamera ausgestattet erkundete ich die Stadt. Ich ging spazieren in der Hafencity, der Innenstadt, in St. Georg. Ich fuhr nach Eppendorf, Eimsbüttel, nach Klein Flottbek und ging an der Elbe entlang bis St. Pauli. – Welche Note wird die Gegenwart einmal hinterlassen? Ich suchte nach einem Motiv, einer Perspektive, die die Augen öffnet. Was ist das Besondere? Eine Fotografie, eine Erzählung, dachte ich. – Wird es die Finanz- und Bankenkrise sein? Die Smartphonetechnologie oder Bildtelefonie? Die Herrschaft der Oligarchen oder der Einfluss der Waffenindustrie auf den globalen Krieg gegen den Terrorismus? In den fünfziger Jahren hinterließ in der Bundesrepublik Deutschland das Wirtschaftswunder seine Spur, in den Sechzigern waren es der Rock´n Roll, die Studentenunruhen und in den Siebzigern die RAF sowie der Kalte Krieg, das Wettrüsten. Dem Ersten Weltkrieg folgte die Weimarer Republik, die Inflation, Naziherrschaft, Zweiter Weltkrieg und der Hunger. In den Achtzigern und Neunzigern ereigneten sich Mauerfall und Wiedervereinigung, aber auch die Abwicklung der staatseigenen Betriebe. Wie Heuschrecken fielen die Banken, Ladenketten und Versicherungen über das Gebiet der Deutschen Demokratischen Republik her. Die Plage gipfelte in einer Arbeitslosigkeit von bald zwanzig Prozent. Die Funktionäre aus dem Westen versorgten sich gegenseitig mit Posten. Die alten Strukturen wurden zerschlagen. Aufbauhilfe nannten sie das. Schließlich schrumpfte durch das globale Denken und die Erfindung des Internets die Welt zum Dorf. Nach dem Anschlag auf das World Trade Center in New York übertragen inzwischen Satelliten den Piloten von Kampfdrohnen Bilder in einen tief unter dem Erdboden verborgenen Luftwaffenstützpunkt, in irgendeiner Wüste der Vereinigten Staaten. Der präzise Angriff im weit entfernten Waziristan auf Frauen und Kinder erfolgt ohne eine Spur von Mitgefühl plötzlich und ohne Vorankündigung aus der Luft. Das Ausbluten der von den eingeschlagenen Bomben zerfetzten Körper wird – begleitet vom Hohn und der Freude seiner Mörder über den Erfolg – lautstark bejubelt. – Eine ursprünglich als Computerspiel entwickelte Maschine durchbrach die Grenze zum Alltag. Mit einem Teil der Wirklichkeit verschaltet, nämlich dem jenseits der sie erfindenden Phantasie, nimmt sie mit massiver Gewalt Einfluss auf die Lebenswelt wehrloser Menschen. – Mancher Soldat verschanzt sich in seiner Erklärungsnot hinter der Vorschrift. Die Anstiftung oder Beihilfe seitens der Befehlenden und Vorgesetzten werden mit keinem Wort erwähnt, ihr Handeln für unzweifelhaft richtig erklärt. Die Administration erklärt vor den laufenden Kameras: Nach sorgfältiger Erwägung entschieden sie nach pflichtgemäßem Ermessen.

„Die Produktion künstlicher Bedürfnisse. Die Verbannung des Schicksals aus der Lebenswelt", ergänzt Anna. „Während der Mensch sich seit Urzeiten, von der Antike bis ins düstere Mittelalter, und auch heute noch in archaisch organisierten Völkern, dazu verdammt sah, den Zufall als eine Notwendigkeit zu betrachten – Götter wurden angerufen, Opfer dargeboten, das Orakel befragt –, sind die Menschen in den Industrieländern bemüht, ihren Alltag mit der Unterstützung von Ratgebern oder der Wissenschaft nach ihren eigenen Vorstellungen zu kontrollieren und zu gestalten. Viele von ihnen stürzen in eine Krise. Vielen mangelt es an der Fähigkeit zur Akzeptanz."

Die Entfesselung der Gewalt und der mit ihr einhergehende Ruf nach Freiheit, hat eine rückwärts gerichtete Gesetzgebung zur Folge, die die Freizügigkeit zunehmend einschränkt. Sollte dieser Staat oder auch die Europäische Union wider Erwarten an Legitimität einbüßen und sollte es der Mehrheit nicht möglich sein, die herrschende Machtclique in einer freien und geheimen Wahl abzuwählen, könnte eine Flucht misslingen, da die persönlichen Daten – einschließlich der Fingerabdrücke – in Zeiten des Friedens mit den nur besten Absichten gespeichert wurden.

„Die Eliten erhalten sich selbst", ergänzt Anna.

„Sie herrschen. Und um ihre Macht zu festigen, gerade gegen diejenigen, die sich zur Wehr setzen, ist ihnen jedes Mittel recht. Die Gewalt gilt für sie als das letzte legitime Mittel zur Durchsetzung ihrer Interessen."

Der Mangel an Solidarität, Verdrossenheit, der Wegfall von Tabus, Aus- und Zuwanderung, der den Frieden sichernde Aspekt eines sich einigenden Europas – es handelt sich um keine abschließende Aufzählung, die Ereignisse anderer Kontinente lässt sie vollkommen außer Acht, die sich beliebig ergänzen ließen. Die Themen jedoch sind abendfüllend. Ihnen schließen sich zahlreich endlose Diskussionen an, die im Ergebnis, früh am Morgen nach einer durchzechten Nacht, in ihre Bruchstücke zerlegt, Werkstücken ähneln, die unvollkommen für den späteren Feinschliff auf der Werkbank einer beliebigen Werkstatt bereit gelegt wurden.

Franziska

Michael

Ich lernte sie im Frühjahr nach der Maueröffnung im Café Rosali kennen, einem hellen kleinen gemütlichen Lokal, unten am Eck einer mäßig befahrenen Einbahnstraße in Berlin Kreuzberg. Am frühen Abend kehrte ich von einer kleinen Fahrradtour zum Großen Müggelsee im Osten der Stadt zurück, ich genoss in jenen Monaten die offenen Grenzen. Fühlte ich mich die Jahre zuvor in der Millionenstadt von der übrigen Welt stets abgekapselt, eingeschlossen, machte ich seit diesem November von meiner hinzugewonnenen Freiheit vielfach Gebrauch. Meine Eltern verstanden meine Vorliebe nicht, trug ich mein Rad die Kellertreppe hoch, um durch die Großstadt zu fahren, ebenso wie sie meine Vorliebe für die Musik mit mir nicht teilten. Ich hingegen sah mir Berlin unzählige Stunden an. Berlin bei Tag, Berlin bei Nacht. Am Tage fiel mir das Rad fahren in dem dichten Autoverkehr schwer, in der Nacht aber bereiteten mir die Lichter, der dunkle Himmel sowie die Sterne eine ganz besondere Freude: Ich fühlte mich frei, leicht, unabhängig. Losgebunden, bald schwebend raste ich durch die hell leuchtende Stadt: Über den Kurfürstendamm in Richtung Siegessäule, am Schloss Bellevue vorbei nach Moabit, quer durch die Stadt nach Steglitz, Zehlendorf, die Havelchaussee entlang am Wannsee weiter nach Charlottenburg. Der Beton und

Stacheldraht versperrten mir die Sicht. Mir meine Sehnsucht von der Sonne über dem Meer und nach nicht enden wollenden Wäldern zu erfüllen, Berg rauf, Berg runter bis zur Erschöpfung, eine frische Brise, den Regen im Gesicht, ein feuchtes T–Shirt, feuchtes Haar, einen kühlen Bauch, bestand ich die Aufnahmeprüfung an Musikhochschule in der Freien und Hansestadt Hamburg. Die Zusage in der Schublade vom Schreibtisch fiel mir der Abschied nicht schwer. Das Sommersemester begann im April. In der Gehörbildung lernte ich Roman kennen, einen Tag später begleitete er auf dem Klavier mein Gitarrenspiel.

Ich mutmaßte, dass Franziska in regelmäßigen Abständen am frühen Abend ins Rosali gehe. Aufgrund ihrer Ruhe, mit der sie sich in die Tageszeitung vertiefte, schloss ich auf eine Art Routine, die ohne die Schale Milchkaffee und die Zigarette ihre Bedeutung verloren hätte. Ab und an strich Franziska sich durch ihr glattes dunkelblondes Haar, das weit über ihre schmalen Schultern fiel. Sie strich mit der flachen Hand über ihren Hinterkopf oder kringelte eine dünne Strähne um ihren linken Zeigefinger. Nach einer Weile richtete Franziska sich auf. Sie legte die Zeitung beiseite und zog mit beiden Armen ihren blauen Wollpullover über den Kopf. Sie warf ihr Haar zurück, zum Vorschein kam ein hellgraues T–Shirt, unter dem sich faustgroße Brüste verbargen. Ich zögerte. Ich beobachtete Franziska heimlich aus den Augenwinkeln heraus. Obwohl die Entfernung zu ihr nur wenige Meter betrug, eine Strecke, die kaum der Rede wert, die mit einem Sprung, einem entschiedenen Satz zu bewältigen war, bedurfte es vorerst der Überwindung meiner Furcht vor einer Zurückweisung ihrerseits. Ich war mir meiner nicht sicher, dachte, entweder oder, und gab mir schließlich einen Ruck. Ich sah auf die Uhr, trank meine Schale Milchkaffee aus und stand auf. Mit wenigen Schritten ging ich zu dem Tisch hinüber, an dem Franziska saß. Ohne zu fragen, setzte ich mich auf den freien Stuhl links neben sie und sah sie an. Ob sie einen Freund habe, fragte ich nach einem kurzen Augenblick. „Nein", antwortete sie mit ruhiger aufgeschlossener Stimme, senkte leicht die Zeitung und musterte mich zu ihrer Linken. Von da an, scheint mir, entschied ich, mich in Franziska zu verlieben, ganz so als hätte ich vom ersten Augenblick an nie eine andere Möglichkeit in Erwägung zu ziehen gewagt, als mich auf diese Frau einzulassen, sie fraglos zu akzeptieren und mich ohne Vorbehalte mit einem klaren Ja zu ihr zu bekennen.

Interessiert wartete Franziska ab. Sie war gespannt, wie ich das Gespräch beginnen würde. Später gestand sie mir ihr Entzücken, das meine breiten Schultern in ihr hervorgerufen hatten, die ich leicht nach vorne schob, während meine Hände verlegen zwischen meinen Knien ruhten. Mit sicherer Hand griff sie die Zigarettenschachtel und bot mir eine Zigarette an. Ich wusste nicht, was ich in einem solchen Moment erwartungsgemäß zu fragen hatte, zog mit leicht zitternder Hand eine Zigarette aus der Schachtel und wäre am liebsten sofort im Boden versunken. Franziska ließ sich nicht aus der Ruhe bringen. Sie zündete einen Streichholz an, beugte sich vorn über und hielt mir die Flamme unter die Nase. Sie warf einen flüchtigen Blick auf meine linke Hand und betrachtete kurz meine kurzgeschnittenen, gepflegten langen Finger. – „Machst du das immer so?", fragte sie mit fester Stimme. Ihre Frage verunsicherte mich. Ich fürchtete, dass sie in mir aufgrund meiner Verlegenheit bereits wie in einem aufgeschlagenen Buch las. Franziska hatte jedoch nicht die Spur einer Ahnung, was sie von all dem halten sollte. Sie nahm ihren Milchkaffee, hielt diesen mit beiden Händen und sah mich mit amüsiertem Blick abwartend über den Rand ihrer Schale an. „Nein", antwortete ich schließlich, „noch nie", fügte ich schnell hinzu und hoffte zugleich, dass meine Worte sie überzeugen würden. Franziska lächelte. Sie lehnte sich zurück, zog mit Genuss an ihrer Zigarette und blies den Rauch weit in den Raum. „Wohnst du hier?", fragte sie und erlöste mich von meiner Qual. „Nein", antwortete ich, „ich wohne noch bei meinen Eltern in Charlottenburg", und begann zu erzählen. – Dass wir wenige Stunden später gemeinsam aus dem Rosali aufbrechen würden, hätte ich nie erwartet. Franziska trug eine grüne Wollmütze auf dem Kopf und einen grünen Rucksack auf dem Rücken. Keine hundert Meter entfernt tanzten wir am frühen Morgen eng aneinandergeschmiegt auf

24

der kleinen Tanzfläche der Diskothek Underground, als ich sie zum ersten Mal küsste. Ich war überzeugt, dass Franziska die Frau war, auf die ich gewartet hatte, die Frau, die ich immer lieben würde.

Café Kommunal
Michael

Wenige Schritte vom Geesthang entfernt, einen guten Steinwurf nahe den berüchtigten Häusern der St. Pauli Hafenstraße, wurden wir – Toni und ich – auf das leerstehende Café an der Ecke zum Hein-Köllisch-Platz aufmerksam. Ein Ecklokal, wie dies unserer Vorstellung entsprach, an einem ruhigen und dennoch belebten Platz. Weder das Szenepublikum der Reeperbahn noch Touristen verirrten sich am Wochenende dorthin. Die Kinder aus der Nachbarschaft spielten auf der Freifläche Ball. Wir würden unter uns sein. Ein Stadtteilcafé. Eine Woche später unterschrieb ich den Mietvertrag.

„Wir nennen es Café Kommunal", schlug Toni vor. „Gemeinschaft, Gemeinsamkeit." Attribute, die unsere Freundschaft begleiten.

Wir saßen am Ufer der Elbe auf dem Geländer angrenzend zum Fischmarkt und ließen die Beine baumeln. Wenige Wochen darauf versorgte Toni die Gäste mit Milchkaffee, Cappuccino, Kakao mit oder ohne Sahne, Coca Cola und Bier.

Die Renovierung war zwar aufwändig, dafür jedoch nahezu reibungslos verlaufen. Am Morgen bereitete Toni das Frühstück, am Nachmittag schnitt sie Kuchen. Ich arbeitete hinter dem Tresen und mixte die Cocktails bis in die frühen Morgenstunden. Von meinem Platz aus beobachtete ich Toni, die die Getränke glücklich vor die Tür in die Sonne trug.

Am frühen Abend kamen unsere Freunde: Franziska, meine Lebensgefährtin, und Thomas, Tonis Mitbewohner. Zu jener Zeit wohnten wir bereits alle in dem Altbau in der Wincklerstraße, in der südlichen Neustadt. Thomas Vater besaß das Haus am Fuße vom Michel, der St. Michaeliskirche, das Wahrzeichen der Freien und Hansestadt Hamburg. Das Café Kommunal ist unser gemeinsames, ein kommunales Projekt, soll sein: ein Treffpunkt für Jedermann.

Reich würden wir nicht werden. Das aber war auch nicht unsere Absicht. Unsere Ziele waren: die Unabhängigkeit sowie friedlich miteinander zu leben. Toni und ich freuten uns über beinahe jeden Gast, der zu uns zurückkehrte. Am Morgen, sobald Toni Max, ihren Sohn, im Kindergarten abgegeben hatte, machte sie sich ins Café auf. Sie kaufte im gegenüberliegenden Kiosk am Platz die Tageszeitungen, die wir für die Gäste bereitlegten. Spiele: Schach und Backgammon, Würfel und eine Spielsammlung verwahrten wir neben dem Tresen, wo die Zeitungen hängen. Thomas spendete zur Einweihung ein Klavier.

Das Instrument stellten wir in die Ecke. An Musikern, die für uns spielten, ohne einen Pfennig verdienen zu wollen, an solchen mangelte es uns nie. Diese verdienten ihr Geld auf andere Weise. Es handelte sich um Freunde, Bekannte oder Kommilitonen aus der Musikhochschule. Später, als Thomas seine ersten Arrangements beim Rundfunk oder an der Staatsoper erhielt, gesellten sich einige Musiker aus dem Philharmonischen Orchester hinzu, aber auch Solisten, die in der Stadt gastierten.

An manch Abenden wurde klassische Musik gespielt: Mozart, Beethoven, Chopin. Thomas war ausgebildeter Konzertpianist und stand kurz vor dem Examen seines Studiums zum Dirigenten. Neben Jazz oder auch Popularmusik sorgten wir für Tanzmusik: Tango, Salsa oder Walzer. Wir hatten einen riesigen Spaß. Ob auf einem selbstgestalteten Plakat angekündigt oder spontan, das Lokal füllte sich, sobald die Musiker zu spielen begannen.

Ein Eintrittsgeld verlangten wir nie. Später organisierte Toni Diavorträge, Reisereportagen. Sie veranstaltete Lesungen oder lud zur politischen Diskussion ein. Künstler aus dem Stadtteil stellten bei uns ihre Bilder aus. Das Café Kommunal bot ein buntes Programm.

Bereits nach wenigen Wochenenden stellte ich fest, dass der Schlussdienst nicht immer ein Gewinn war. Toni jedenfalls blieb erspart, bis in die Morgenstunden zu arbeiten. Wir einigten uns, dass sie ihren Sohn zu versorgen hatte. Den letzten Gast höflich aus dem Lokal zu bitten, war nicht immer einfach: Der Alkohol ertränkt manchen Verstand. Den Unsinn zu ertragen, den der ein oder andere Betrunkene äußerte, erfordert einige Geduld. Die allgemeingültigen Regeln, die einer kurz vorm Ertrinken verkündet, halten einer Prüfung in Nüchternheit selten stand.

unVollkommenheit

Jan

Mein Leben:
eine Reise,
ein fernes
unerreichtes Ziel.

Spirale

Toni

Kehrt Stille ein, halte ich inne: Ich besinne mich. Ich kehre zurück zum reinen Denken. – Nach dem Erwachen wähne ich mich aufs Neue am Anfang, im Bewusstsein meiner Unwissenheit, und wieder: ein Beginn. Auf mein Staunen folgt das Wundern, das Entziffern, die Vergewisserung: dass da etwas ist; nicht: dass da etwa nichts ist. – Mit der Erkenntnis jedoch meldet sich der Zweifel am Erkannten, und mit ihm die Fragen, die sich stets um die gleichen Worte winden: Wahrheit und Erkenntnis, das Gute, Schönheit, die Gerechtigkeit. Welche Wahl treffe ich im Rahmen meines *möglichSeins*?

Aus der Vergessenheit getreten, meinem Selbst gewiss, spüre ich die Erschütterung meiner Verlorenheit, mein *ohnMacht*. Zurückgeworfen auf mich selbst, begreife ich mich als Spielball im Hin und Her zwischen Unendlichkeit und Notwendigkeit. Ich werde mir meiner im Innern einer Spirale gewahr. Im Aufwärts windet sie sich – von allen Seiten betrachtet – um ein und denselben Gegenstand. Nach einer Umrundung um Erfahrungen reicher – und wenn auch von höherer Warte, den Blick stets gerichtet auf die wiederkehrenden Fragen nach Wahrheit und Erkenntnis, das Gute, Schönheit, die Gerechtigkeit. Welche Wahl treffe ich im Rahmen meines *möglichSeins*? – erreiche ich schließlich das Ziel: am Beginn.

Die Zweifel weigern sich zu schweigen, die Fragen weigern sich zu ruhn. Die immerwährende Ein- und Wiederkehr. Und auch nach Jahren der Einkehr steht der Wegweiser unverrückt. Er weist mir den Weg, die Stationen in Augenschein zu nehmen, die dem Leben ein treuer Begleiter sind. Grenzsituationen: der Tod, der Zufall, das Leiden. Er stellt mich vor die Aufgabe, unvoreingenommen die Bedingungen zu untersuchen, die auf das Leben ihren Einfluss ausüben und dieses mit Besonderem ausstatten. Mein Auf-dem-Weg-sein: ein nie vollendendes *tätigSein*. Das Scheitern, das *bewusstSein*: nichts ist gewiss.

Wahrheit und Erkenntnis, das Gute, Schönheit, die Gerechtigkeit. Welche Wahl treffe ich im Rahmen meines *möglichSeins*? – Allgemeinheiten, die erstrebenswerte, harmonische Momente in Aussicht stellen, *übereinStimmung*. Gegenstände, die den Besonderheiten – Querstände, Gegensätze wie Unterschiede – eine Heimstätte bieten. – Herrscht Klarheit, gelangte der Grenzgänger über die Welt hinaus. Die Überzeugung flutet sein *bewusstSein*, ein Gefühl der *allMacht*, ein Trug, der sich schwer in Worte fassen lässt. Das Scheitern jedoch birgt die Chance, Leben anders zu denken. Die Umkehr: dass *Das* ein Anderes ist. Ich spüre Mitleid mit Menschen, die das *bewusstSein* vom Scheitern nicht zu nutzen wissen, die sich auf diese Weise der Wahrhaftigkeit ihres *selbstSeinWollens* verschließen.

SelbstSeinWollen

Johanna

Ehrfurcht Ausgeglichenheit

Selbstvertrauen Selbstwirksamkeit

Achtsamkeit Dankbarkeit

Kohärenz Autonomie

Waschgang

Wahrhaftigkeit Gelassenheit

Akzeptanz Klarheit Achtung

Authentizität Selbsterkenntnis

SchrittFürSchritt

Keine Erwartung keine Enttäuschung

SelbstSeinWollen
Jo

Fortschreiten

Johanna

Gib es auf,
Dinge zu tun, die du nicht magst.
Um im Leben vorwärts zu kommen,
wähle deinen dir eigenen Weg.

SelbstErkenntnis

Anna

Bei sich selbst soll man immer in allem das Maß sehen. – Meine Seele, die Unsterblichkeit begehre nicht!
Das Mögliche schöpfe aus deiner Tätigkeit! – Was ist
einer? Was ist einer nicht?   (Pindar)

Γνῶθι σεαυτόν

Selbsterkenntnis
Ja

Spirale II

Toni

Eigentlich bin ich nie wirklich,
ich entwickle mich
und höre nie auf
mich zu entwickeln.

Schreiben

Toni

Das Schreiben: für mich? Ein *tätigSein* in Einsamkeit. Allein. Das *beiMirSein* in Gesellschaft mit meinem Denken, dem steten Fließen meiner Gedanken. Ich horche tief in mich hinein, lausche den Stimmen meiner Gefährten, meinem inneren Monolog. Das Klagen und Weinen, die Furcht, der gellende Schrei meiner Wut aber auch das Jauchzen meiner Freude und Zuversicht treten unverblümt, überzeugt – ob wahr oder unwahr, gut oder böse, schön, gerecht oder ungerecht – ins Tageslicht.

Wartesaal
Mark

Ich erinnere mich: Ein junger Mann sieht sich am Abgrund. Ein Hochhaus inmitten einer Großstadt, 30. Stock. Der Mann sitzt in einen dunkelblauen Anzug gekleidet in seinem hellen, weiß tapezierten und mit schwarzen Möbeln eingerichteten Büro. Während er telefoniert, wendet er sich dem Panoramafenster zu und blickt über die Stadt. Oder er sieht auf die gleichmäßigen, in grauer Farbe gehaltenen quadratischen Flächen eines Bildes, das an der gegenüberliegenden Wand über der Sitzecke hängt. Zimmerpflanzen: Farn, Efeu, Kletterficus und Bubikopf sorgen für ein angenehmes Raumklima. Seine Sekretärin betritt leise das Büro. Kurz nachdem sie ihm einen Stapel Briefe auf den Schreibtisch gelegt hatte, steht er am Fenster, zitternd hält er eine Einladung in der Hand. Er spürt den Moment in seinem Leben, in dem Alles in Frage steht.

Sieht er zurück, weit hinein in seine Vergangenheit, durchfährt ihn augenblicklich ein tief stechender Schmerz, sieht er nach vorn, in das Voraus, beginnt sein Herz zu rasen. Auf seinen Handflächen sammelt sich der Schweiß. Sein Blick wendet sich voll Sehnsucht in die Ferne, wandert gen Norden. Das Fenster zu öffnen und zu springen? Daran denkt er nicht. Er stürzt nicht, er erschrickt. Nicht der leiseste Schrei dringt durch seine zugeschnürte Kehle, röchelnd sinkt er zu Boden, beide Arme schlingt er fest um seinen Bauch. Hastig schnappt er nach Luft, schnauft, der Rotz läuft ihm aus der Nase. Schwindel erfasst ihn, mühsam zieht er sich am Schreibtisch hoch und wankt zum Schrank. Hustend stolpert er, sich einen dunkelblauen Mantel über die Schulter ziehend, an seiner Sekretärin vorbei durchs Vorzimmer. Noch bevor diese sich bestürzt von ihrem Stuhl erheben kann, hat er das Zimmer bereits verlassen. Entsetzt läuft er durch die leeren verwinkelten Gänge des Stockwerks, stützt sich vor dem Fahrstuhl vornübergebeugt an der Wand ab und sieht keuchend auf. Auf der glatten Oberfläche des großen Spiegels im Fahrstuhl tastet er nach einem verschwommenen Gesicht. Der Spiegel beschlägt, scheint bald blind. Während das Gesicht hinter seinem Atem verschwindet, meint er, diesem das Leben auszuhauchen. Er rennt hinaus auf die vielbefahrene Straße, stößt einen Fremden um, der ihm den Weg versperrt. Er läuft auf die breite Fahrbahn und schlängelt sich an den wild hupenden Autos vorbei. Ohne Orientierung irrt er durch die Straßen, vorbei an den Schaufenstern: Läden, vollgestopft mit Luxus, Konsum überschüttet mit einem lauten Krach die Bewohner dieser Stadt. Er läuft, bis er schließlich nicht mehr kann, bis er erschöpft nach Luft schnappt, seinen Weg ohne ein Ziel setzt er mühsam fort.

Ich sehe einen Mann. Ein junger Mann. Ratlos sitzt er in sich zusammengesunken vorn auf der hölzernen Kante einer Bank im Wartesaal am Hauptbahnhof. Seinen Mantel warf er vor sich achtlos auf den Boden, grübelnd beugt er sich vor und fasst sich mit beiden Händen an die Stirn. Ungeachtet der Reisenden zieht er sein Jackett aus. Er löst den Knoten seiner feinen Krawatte und öffnet mit einem Ruck den obersten Knopf seines mit Schweiß gebadeten Hemdes. Wenig später lehnt er sich zurück. Sein Blick schweift starr in die Ferne, Angst höhlt seine Augen aus, er fröstelt leicht. Stillstand, denkt er, Kälte hüllt das stumme Murmeln meiner Mitmenschen. Kein Schrei, einzig Sorge durchbricht die tiefe Stille. Dem Sinn abhanden löst sich Nichts. Er verzweifelt: Wie ist die seinem Versagen folgende Leere zu füllen?

Schreiben II

Jan

Das Schreiben: für mich? – Das Schreiben reinigt die Seele. Mein Erstaunen, das Erschrecken, meine Erschütterung sowie Verunsicherung wecken die Zweifel. Kopflos wende ich mich ab. War mir die Welt vertraut, und begriff ich sie selbstverstanden, aus sich selbst heraus, schicken die Fragen mich in die Offenheit aus, mich auf die Suche nach dem Sinn vom Dasein zu begeben, seinem Wesen zu begegnen. Meine innere Stimme schweigt nicht. Sie fährt fort, bis ich sie der Unbestimmtheit entrissen und ihr Ausdruck verliehen habe, sobald sie in meinem Büchlein in Worte gefasst, in diesen Teil der Welt gekehrt Gegenstand geworden ist.

Jivan Mukta

Jan

> *Das Eine ist Alles*
> *Alles in Einem*
> *Dies begriffen*
> *Wozu sich um Vollendung*
> *sorgen?*　　*(Seng-Ts'an)*

Glück

Jan

Glück stellt sich in Übereinstimmung ein: dem Füh-
lenWollenDenken – Machen – das mühelose Handeln,
zu Eins. Wer sich das Glück wünscht, muss zu ständi-
ger Veränderung bereit sein.

Über die Gelassenheit

Lena

das Loslassen,
das Hinaustreten
aus dem Kreislauf der Wiederkehr des Grübelns,
der Zweifel,
in die Offenheit.

Die Lebenszeit umspannt mein Dasein als Reisende,
eine Besucherin. Ich empfinde mich als Gast, eine
Zeitzeugin, die die Dinge geschehen lässt.

Aufmerksam,
in Achtsamkeit
mit Ruhe,
in der Stille
wende ich mich dem Sosein zu.

Meiner selbst bewusst, genüge ich mir selbst,
ich schreie nicht nach Geltung,
Selbstwirksamkeit verlangt nicht nach Anerkennung.

Wendepunkt

Jens

Wenige Wochen nach der Eröffnung des Café Kommunal saß ich auf meinem bevorzugten Platz hinten im Lokal am Fenster. Ich trank einen Milchkaffee und sah hinaus auf den Hein-Köllisch-Platz. Ich erinnere mich:

Vor mir auf dem Tisch liegt eine Zeitschrift, die ein Gast liegenließ. Vermutlich eine Frau. Gedankenlos nehme ich die Zeitschrift in die Hand. Es handelt sich um ein Modejournal. Ich weiß nicht, warum ich die Zeitschrift in die Hand nehme, vor mir aufschlage und in ihr blättere, im Grunde genommen interessiert mich der Inhalt nicht. Für gewöhnlich öden mich solch Seiten mehr an. In Politikzeitschriften von Jahr zu Jahr ein und dieselben Dinge anzusehen oder stets denselben Debatten zu folgen, langweilt mich ebenso. Die Argumentationen unterscheiden sich kaum von denen aus dem vergangenen Jahr. Ich begreife nicht, wie Menschen sich von solch Einfältigkeit immer wieder aufs Neue fesseln lassen können.

Mich hingegen fesselt der Zufall. Das Ereignis, mich in das Phänomen höchster Unwahrscheinlichkeit hineinfallen zu lassen, auf das ich keinen Einfluss ausübe, über das ich keine Macht besitze und dessen ich mich nie werde bemächtigen können, sondern an dem ich lediglich teilhabe. Der Irrsinn dieses Ereignisses zieht mich in seinen Bann.

Nun behaupten einige Leute, dass alles von Allem abhängt, dass alles ohne Ausnahme eine Ursache hat. Es handelt sich um die Verkettung aller Ereignisse, die sich gegenseitig bedingen, der Gedanke, dass nichts ohne Grund geschieht. Ein großartiger Gedanke. Was mich an diesem Gedanken stört, ist die Tatsache, dass die Menschen, die zu dieser Behauptung neigen, das Phänomen des Zufalls leugnen.

Die Wahrscheinlichkeit, eine Sechs zu würfeln oder im Lotto zu gewinnen, ist auszurechnen. Ebenso ist die Wahrscheinlichkeit, dass ein Mensch gezeugt wird, zu errechnen. Dass ein Mensch zu dem geworden ist, der er ist, ist mit Methoden solcher Art jedoch nicht zu ermitteln. Dies ist mehr Hypothese und bleibt dem Zufall zuzuschreiben.

Ich vermute, dass mein Vater ungefähr fünfzehn Frauen liebte, bevor er schließlich meine Mutter heiratete. Zur Zeit meiner Zeugung schliefen sie mit hoher Wahrscheinlichkeit mindestens dreimal in der Woche miteinander. Angesichts der Produktion von den Abermillionen an Spermien pro Ejakulation ist die Wahrscheinlichkeit einer Zeugung nicht gering, das Wunder, dass ausgerechnet ich auf die Welt kam, um einiges größer. Für einen Mathematiker scheint dies ein rechnerisches Problem, für mich nicht. Solange die Wissenschaft nicht über die Fähigkeit verfügt, den Menschen mittels technischer Manipulationen zu synthetisieren, bleibt für mich die Tatsache, auf der Welt zu sein, einzigartig. Ich empfinde dies als Wunder und bin trotz des einen oder anderen Ärgernisses dankbar dafür, auf der Welt zu sein. Ich bin.

Mein Blick fällt auf ein Foto in der Zeitschrift. Ich halte inne. Ich betrachte das Bild für einen Augenblick und mir fällt auf, dass es trotz seiner Einfachheit eine ganz besonders starke Kraft auf mich ausübt. Die Fotografie zeigt einen Mann und eine Frau. Ein gut aussehender, dunkelhaariger Mann und eine wunderschöne, einen Kopf kleinere, dunkelblonde Frau. Eng umschlungen halten sie sich in den Armen. Sie verbirgt ihr Gesicht an seiner Schulter, hält ihn an der Taille fest, er legt beide Arme um ihren Hals, drückt sie fest an sich und riecht an ihrem Haar. Und trotzdem dieses Bild ein Simples ist, ein neun Mal dreizehn wie es tausendfach durch die Drucker gejagt wird, birgt dieses für mich ein besonderes Ereignis.

Ich stelle mir vor, dass die beiden sich offensichtlich vor einem Moment kennenlernten. Aus heiterem Himmel stießen sie im dichten Gedränge auf einem öffentlichen Platz zusammen. Vielleicht auf einem Marktplatz. Vielleicht auf einem Flohmarkt. Durch Zufall sahen sie sich kurz in die Augen. Dieser Blick schien lang und tief genug, um aufeinander aufmerksam zu werden. Auf eine unbestimmte Art und Weise fühlten sie sich sofort miteinander verbunden. Sie blieben stehen, sahen einander an und gingen ohne ein Zögern aufeinander zu. Der zweite Blick weckte den Eindruck, sich seit langem zu kennen. Sie erinnern sich.

In meiner Vorstellung sehe ich sie miteinander reden. Sie wechseln nur wenige Worte. Ihnen zu lauschen, ist mir nicht möglich: Gern hätte ich gehört, was sie miteinander sprachen. Die Worte, die sie sich ins Ohr flüsterten, müssen wundersame Worte gewesen sein. Kurz darauf sehe ich ihn ihren rechten Arm nehmen, gemeinsam verlassen sie den Platz.

Wohin sie gehen? Das weiß ich nicht. Verrät mir das Bild nicht mehr als diese eine Geste. Ob sie gemeinsam weggehen werden? Auch das ist nicht gewiss. Warum sie sich eng umschlungen in den Armen halten, warum sie eine wundersame Wirkung aufeinander ausüben, ob sie sich zufällig treffen, ob sie sich bereits seit längerem kennen und verabredet sind oder sich voneinander verabschieden? All das bleibt im Dunkeln, bleibt Spekulation.

Bekannte oder Freunde wissen dies bestimmt, kennen die Umstände, unter denen das Bild entstand. Was ich als unbeteiligter Dritter weiß, ist, dass sie sich in den Armen hielten, als dieses Foto aufgenommen wurde. Aufgrund des Hintergrundes schließe ich auf einen öffentlichen Platz. Die Geschichte, wie, zu welchem Zeitpunkt und in welcher Stadt sie zu diesem Bild kamen, das werde ich nie erfahren.

Was fesselt mich an dieses Foto? Welche Kraft bewirkt, dass dieses Stück Papier zu leben beginnt und mich in einen Strudel von Geschichten zieht? Die Kraft des Augenblicks?

Die Kraft des Augenblicks entfesselt die Fähigkeiten meiner Phantasie, öffnet die unendlichen Räume meines Denkens, stellt alles in Frage und versetzt mich in die Lage, alle Möglichkeiten in Betracht zu ziehen, unter welchen Umständen eine Geschichte zustande kommt. Der Zufall ereignet sich im Augenblick. Gedanklich öffnet sich mir das Meer der Möglichkeit, wie, wann und unter welch Umständen eine Geschichte beginnt, wie sie weitergehen und wann sie enden wird. Ich verfüge über die Eigenschaft, eine unendlich große Anzahl an Gründen oder Möglichkeiten zu erkennen, warum sich etwas ereignet oder auch nicht, und ich erkenne eine unendlich große Anzahl an Gründen oder Möglichkeiten, wie etwas weitergehen wird und wie nicht. Alles ist möglich. Niemand kann wissen, was wirklich ist. Fragen bleiben stets zurück.

Dieses Foto fängt die Individualitäten zweier vollkommen verschiedener Menschen ein. Unbeantwortet hält es das gemeinsame Glück für einen Augenblick fest, friert die Mannigfaltigkeit ihrer Erinnerungen und Absichten auf ein Stück Folie ein und reduziert zwei Lebensgeschichten auf die Belichtungsdauer einer Fotografie. Ich bin begeistert. Ich spüre die Chance, das Leben von zwei Menschen in kurzer Zeit zurückzuerobern. Mein Blick löst beide aus ihrer Erstarrung. Ihre Formen weichen auf. Konturen gewinnen an Bewegung. Mein Blick haucht dem Bild Leben ein.

Die Fragmente ihrer Persönlichkeiten schnellen gleich Granatsplitter in einer unvorstellbaren Geschwindigkeit durch die endlosen Räume meiner Phantasie. Eigenschaften nehmen Gestalt an, breiten sich in kreisförmigen Wellen weit aus und entfalten sich im Raum meiner bunten Träume, dem Verbote fremd sind.

Der Augenblick birgt Möglichkeit, verschiedene Vergangenheiten, eine gemeinsame Gegenwart und ungewisse Zukunft zu vereinen. Ich habe es in der Hand. Ich allein erfinde Wirklichkeit.

Der Augenblick, in dem zwei Menschen unvorhergesehen aufeinanderstoßen, sticht mir ins Auge: Es handelt sich um ein Ereignis, das die Beziehung zweier Menschen zueinander rein zufällig hervorruft. Im Gegensatz zur Dauer ihres gesamten Lebens wirkt der Bruchteil einer Sekunde, der für alles Folgende verantwortlich ist. Ein Blick genügt, ein Blick in der Masse. Die Menschen schieben sich eng aneinander vorbei, drücken und drängen, zwei unter ihnen bleiben wie elektrisiert stehen, drehen sich um und blicken sich kurz darauf tief in die Augen.

Mir gegenüber an der Wand bemerke ich den Schatten eines Bildes. Ursprünglich hing an dieser Stelle eine bis kurz unter die Decke hohe Leinwand. Ein kompliziertes Bild, reich an Assoziationen, ein Bild aus – die Künstlerin? Ich nenne sie Johanna. –, ein Bild aus Johannas Hand.

Ich stelle mir vor: Ich verharre stundenlang in dieser Stellung, ohne mich nur einen Zentimeter zu rühren. Das Licht des Mondes fällt matt in das bereits geschlossene Café, wirft seine Schatten. Fasziniert folge ich der Symbolik des Bildes, dringe in sein Inneres, in seine Struktur ein. Ich rätsle und schließlich entschlüssle ich seinen Kosmos: einen Kosmos, in dem alles von Allem abhängt. – Und je tiefer ich in das Geheimnis des Bildes eindringe, desto sprachloser macht mich die Kunst. Ich fühle mich überwältigt.

Die Künstlerin ist eine Entdeckerin. Sie ist eine Entdeckerin der Individualität, der Unterschiedlichkeit, eine Pionierin der Verlorenheit, der Einsamkeit und Resignation. Dank ihrer Hilfe unterscheide ich das Sichtbare, die Wirklichkeit von einem Gegenstand im Gegensatz zum Glauben an etwas als Realität. Mich überraschen die Macht und Unergründbarkeit dieser jungen Künstlerin, ihre Subjektivität, ihre nahezu vollkommene Art, die Dinge zu betrachten und im Detail zu zeichnen.

Der Schatten des Bildes vor mir verschwimmt. Meine Gedanken lösen sich von der Wand. Mein Augenmerk richte ich auf die Fotografie in dem Modejournal: Ben und Johanna.

Ich entschließe mich, diese in naher Zukunft wie meinen Augapfel zu hüten, dessen geheimnisvollen Charakter zu durchleuchten und die Gründe der Liebe in Erfahrung zu bringen, die Ben und Johanna füreinander empfinden. Ich werde die beiden mit einer Geschichte versehen, ihre Zukunft in die Hand nehmen und ihre Liebe füreinander gestalten. Unabhängig davon, wie lange sie sich tatsächlich kennen und unter welchen Bedingungen die Fotografie entstand, begreife ich diese als Ausgangspunkt ihrer Gemeinsamkeit. Ihr nicht vorherzusehendes Zusammentreffen wird sich als der Ursprung in die Zeit einer bedingungslosen Liebe entpuppen.

Ich bin überzeugt, dass in diesem Foto die gesamte Energie steckt, die ausreichen wird, eine gemeinsame Geschichte zu erfinden. Dieses eine Stück Papier birgt das Geheimnis ihrer Individualität. Ich stelle mir vor, dass beide über eine Identität verfügen, eine selbstbewusste Persönlichkeit. Ihr Wesen macht seinen Einfluss geltend, ob beide im weiteren Verlauf eine gemeinsame Zukunft haben werden. Ich erfinde die Geschichte: Ben und Johanna. Ich werde das Ereignis hervorrufen, dass sich zwei Menschen zueinander hingezogen fühlen, sie sich füreinander entscheiden, sich rücksichtsvoll und den anderen stets respektierend verhalten. Ich werde für sie das ahnend Unerreichte schaffen, das beide bis dahin nicht für möglich hielten. Ich will sie um eine neue Möglichkeit bereichern.

Der Zufall entreißt sie dem persönlichen Chaos, lässt sie unvorhergesehen aufeinanderprallen und wirft sie wie einen Spielball zurück in die Welt ihrer Wahrnehmung, ihres Denkens und ihrer Entscheidungen. In meinem Kopf spiele ich das Spiel: Was wäre gewesen, wenn …

Häufig verlaufen die Dinge anders, als sie vorherzusehen waren. Jede bewusste Handlung hängt von einer Entscheidung ab. Auf manch unbewusste Handlung aber übt der Mensch keinen Einfluss aus. Eine Handlung – ob entschieden, motorisch oder traumatisch – ist auf eine Ursache zurückzuführen, auf die Zukunft wirkt sie sich unmittelbar aus. Die Unfreiheit meiner Entscheidungskraft ist mir bewusst.

Suche ich nach einem Zufall, soll es sich um ein Ereignis handeln, das nicht nur auf Unfreiheit beruht, sondern der Unfreiwilligkeit entspringt. Ich suche nach einem Ereignis, über das die Beteiligten im Nachhinein urteilen werden: Das war wirklich ein Zufall.

Es gibt gute Gründe, die dafür sprechen, warum Menschen sich verlieben und sich gegenseitig ihre Liebe gestehen. Ben und Johanna werden sich lieben.

Ich führe mir ihr Glück vor Augen. Die Vollkommenheit der Liebe. Die Bedingungslosigkeit ihrer Beziehung, zu der sie sich in einem kurzen Augenblick entschlossen und die sie gemeinsam vereinbarten. Ich will an ihrem Glück teilhaben.

Das eigentlich Beeindruckende der Fotografie lag jedoch darin, dass ich mir in jener Stunde im Café Kommunal meiner eigenen Situation bewusst wurde, meiner Individualität, meiner nicht gelebten Möglichkeiten.

Was wäre gewesen, wenn ... – Die Situation schrie nach Entscheidung, nach Bewusstsein. Ein Liebesstrudel ungelebter Momente riss mich fort, meine Phantasie ging mit mir durch, in meinem Kopf entstanden Bilder, Träume. An jenem Tag – bilde ich mir ein – erschuf ich mich selbst.

Ausstieg

Martin

Ich steige aus: Die Fahrt führt mich in einem Reisebus auf der wenig befahrenen, asphaltierten Straße durch das karge Landesinnere in zügiger Fahrt. Ich sitze im Bus hinten links am Fenster, meinen Rucksack gab ich nicht aus der Hand. Ich vertraute ihn nicht der Obhut des Fahrers an. Ich bestand darauf, diesen nicht unten im Gepäckraum zu verstauen, sondern stellte ihn zum Ärger des Fahrers links neben mir auf den Sitz. Als ich ihm schließlich mein Ziel nannte und zahlte, zog der Fahrer verwundert seine Augenbrauen zusammen und sah mich mit musternden Blicken an. Ohne Halt nach Stunden schließlich hält der Bus unvermutet in der kargen, von Menschen verlassenen Ebene. Rechts vom Straßenrand steht ein alter, von den Jahreszeiten, vom Wind und Regen verwitterter Wegweiser, der mir meinen weiteren Weg nach links durch die Einöde zur Küste ans Meer weist. Die Tür vom Bus öffnet sich. Als ich die Stufen hinunter ins Freie steige, ergreift mich das Gefühl, als stiege ich durch den hölzernen Rahmen von einem zerbrochenen Spiegel in eine andere Welt hinein. Meinen Rucksack setze ich im trockenen Staub gleich neben der asphaltierten Straße ab. Der Bus fährt ab, und mit ihm zugleich verschwinden die Regeln, die Gesetze, sorgfältig geordnet und eng beieinander im Gepäckraum verstaut, dicke Bücher, die in gewaltigen Bibliotheken und stickigen Archiven konserviert und für manch denkenden Menschen kaum verständlich diskutiert die Welt vor dem Spiegel zusammenhalten. Das Überangebot sowie die Konkurrenz, der Geiz, Neid und die Missgunst regelnden Institutionen brechen die vertrauten Bindungen der Menschen zueinander auf. Vereinzelt gleich Ware weisen sie den fortan verängstigten, durch die Leere irrenden Menschen jeweils ihre Plätze in den Regalen zu. Die Überzeugung aber, die sich das Zusammenleben dortiger Lebenswelt einzig durch Zwang aufrecht erhaltend zu kontrollieren imstande wähnt, weilt fern meines Weges, der aus Gras und bunten Blumen gepflastert auf der mir gegenüberliegenden Straßenseite beginnt.

allTag
Ivo

Nur ein toter Bulle ist ein guter Bulle wurde in der vergangenen Nacht in großen schwarzen Buchstaben unterhalb der Dachrinne auf eine beigefarbene Hauswand in der Bernhard-Nocht-Straße geschrieben. Ich stoppte den Streifenwagen Höhe Balduintreppe vor einem der berüchtigten Häuser in der St. Pauli Hafenstraße. Während ich den Schriftzug betrachtete, der dort vermutlich mit einem hohen Aufwand aufgetragen worden war, fragte ich mich, wie der Künstler dort oben hingelangt sei. Ob er nüchtern gewesen sei oder ob er sich zuvor gemeinsam mit seinen politisch Gleichgesinnten Mut angetrunken habe. Wie hatte er die Farbrolle und den Eimer mit Farbe die Sprossen hochgewuchtet? Hatte er eine Leiter an die Hauswand gelehnt? Hatte er überhaupt alleine gehandelt? Oder hatte ihm jemand die Leiter gehalten? Hatte er sich vom Dach abgeseilt? Merkwürdigerweise beschäftigten mich diese Fragen und nicht etwa jene: Warum wünscht er sich mich tot? Ich spürte auch keine Furcht. Mehr spürte ich mein Befremden, welcher Grund seine Absicht rechtfertigte, mich töten zu wollen.

Mein Dienst heute: eine Schlägerei zwischen drei Betrunkenen nach einer durchzechten Nacht in einem rustikalen Lokal im Hamburger Berg, ein Zahlungsstreit, ein Verkehrsunfall und eine Leiche. Für einen

Sonntag nicht viel, ein gewöhnlicher Arbeitstag. Gestritten hatten sich ein Freier und eine Prostituierte über Art und Umfang der sexuellen Leistungen. Der Gestank des Zimmers und der Steige hing mir noch während des Frühstücks in der Nase. Bei dem Verkehrsunfall handelte es sich um einen Bagatellschaden. Die Leiche fand der Pflegedienst: eine ältere Dame, die im Laufe der Nacht gestorben war.

Deutsche Polizisten Mörder und Faschisten. Das Death Valley: Hamburg St. Pauli. Einsatzgebiet abseits des Normalen, des Gewöhnlichen. Für mich? Ehemals eine Herausforderung. *Kein Mensch ist illegal*

Ein Kollege erläuterte mir vor einigen Jahren: Du musst dir das so vorstellen! In Hamburg St. Pauli lebt eine Ansammlung aller nur denkbaren Subkulturen, Aussteiger, Aussätzige. Ich lachte. Der Kollege aber sollte Recht behalten. Das Leben in diesem Stadtteil ist mit gewohnten Maßstäben nicht zu messen. Und als ich Jahre später behauptete, tagsüber handele es sich um einen vollkommen gewöhnlichen Stadtteil, bewegte ich mich mit meiner Einschätzung bereits auf Abwegen. Beinahe jeder Einsatz konfrontierte mich mit einer ungewöhnlichen Situation. Eine Eigenart der Polizei. Sei es der Sex-Shop, die Armut und Obdachlosigkeit oder das Drogenmilieu. Im Regelfall wird die Polizei in Momenten tätig, wenn Menschen Hilfe benötigen, wenn sie an ihre persönlichen Grenzen gelangen. St. Pauli hat da einiges zu bieten.

Traurige Geschichte

Ivo

Eine traurige Geschichte? Eine wirklich traurige Geschichte: Einer meiner Kollegen, ein wirklich großartiger Kollege, einhundertzehn Kilogramm schwer, sportlich, durchtrainiert, verheiratet mit einer wunderbaren Frau, Vater von zwei kerngesunden Jungen, wacht morgens mit einem stechenden, nie dagewesenen Kopfschmerz auf. Er wundert sich, kennt keine Kopfschmerzen, der Sport trug das Seine dazu bei. Ohne einen weiteren überflüssigen Gedanken zu verschwenden, nimmt er eine Tablette von dem Vorrat seiner Frau gegen ihre Migräne. Das Stechen aber lässt nicht nach. Sonderbar, denkt er sich und geht zum Arzt. Mit einer Überweisung in der Tasche fährt er keine Woche später in eine radiologische Praxis. Sein Arzt vermittelte ihm einen Termin: Möglichst zeitnah, bat er. Es sei dringend! – Noch während er auf der Liege im Untersuchungsraum liegt, fixieren die Rettungssanitäter ihn auf der Trage. Schieben ihn zum Rettungswagen. Von dort fahren sie ihn direkt in die Universitätsklinik, in den Operationssaal. Als der Kollege aufwacht, kann er sein rechtes Bein nicht mehr bewegen, sein linker Arm fühlt sich taub an. Ein Kopfschmerz zermartert ihm das Gehirn. Er kann nicht klar denken. Wenige Wochen später, erfahre ich, wurde der Kollege pensioniert. – Ich denke: Nein, das Leben versteht sich nicht von selbst. Ist zerbrechlich.

Der Alltag hängt an manch seidenem Faden, noch von keinem Gott durchschnitten.

Epiktet

Anna

> *Nicht die Dinge selbst*
> *beunruhigen mich,*
> *sondern die Meinung,*
> *die wir über diese Dinge haben.*
> *(Epiktet)*

Der Mensch schafft die Welt, die Wirklichkeit, mit seinem Denken jeden Tag neu. Wohin ihn sein Weg führt, hängt von seinem Willen ab, seinem Glauben. Der Glaube ist innere Überzeugung, Gewissheit, von Beweisen unabhängig, er ist Zuversicht, unerschütterliches Vertrauen.

Lichtgestalt

Mark

Die Sehnsucht bahnt sich zaghaft ihren Weg aus der Tiefe durch die Dunkelheit. Den Kopf voran stößt sie zögernd durch den trüben Schleier über den Bühnenrand. Im Dorthinaus taucht sie ihr Haupt in gleißendes Licht. Ohne Takt, Stille umsponnen, blickt sie über die Balustrade vom Balkon in die Ferne, lang und weit ausgestreckt, ins Irgendwo. Unerwartet, aus dem Nichts, tritt nah an den Balkon ein Lichtwesen: Lichtgestalt. Den Leib in einen weißen, seidenen Umhang gehüllt, verbirgt eine weite Kapuze ihr Haupt. Ein Gesicht erkenne ich nicht. Ihre linke Hand hält einen silberfarbenen schmalen Nachen, ein Silberschiffchen, zum Ablegen bereit. Urvertrauen einflößend, vom tiefsten Grund der Seele, sehe ich den silbernen Panzer unter ihrem Gewand glänzen, als sie mir stumm ihre Rechte reicht, über die Brüstung ins Boot zu steigen. Meine Sorgen sinken darnieder, der Zweifel schweigt. Die Botschaft im Herzen sorgsam verwahrt, *bei mir*, kehre ich heim.

Pokerpartie

Ivo

In einem Restaurant in Hamburg spielen um zwei Uhr morgens vier Männer im Hinterzimmer des Lokals Poker, eine Frau steht abseits. Die Tür zum Lokal schloss der Wirt ab, nachdem die letzten Gäste des Abends den Speiseraum verlassen hatten. Ein fünfter Mann, fünfundvierzig Jahre alt, sieht den vier Männern von hinten in die Karten und äußert ihr Spiel störende Bemerkungen. Ärgerlich schicken ihn die Spieler weg. Der Mann verlässt das Zimmer, setzt sich vorn an die Theke und trinkt in aller Ruhe zwei Cognac. Anschließend wendet er sich von der Theke ab, geht zurück ins Hinterzimmer, hält dort einen silberfarbenen Revolver in der Hand und schießt. Zweimal lädt er die Trommel nach, vierzehn Kugeln durchsieben seine Bekannte in Brust, Beine und Arme. Ein Spieler sackt sofort tot zusammen, die übrigen drei Männer und die Frau schweben schwer verletzt in Lebensgefahr. Der Wirt erschrickt, flieht in die Küche und telefoniert mit der Polizei. Der Täter flüchtet. Er zerschlägt eine Fensterscheibe, springt durch die Scherben ins Freie auf die Straße, wo er das Feuer auf die ihn erwartenden Beamten eröffnet. Autoscheiben bersten, Schüsse hallen durch die Straße, bis die Trommel des Revolvers leer ist, der Täter die Waffe auf die Motorhaube eines dort geparkten Autos legt und von den Beamten überwältigt wird.

Glück II

Johanna

Liebe

Franziska

Liebe II

Michael

„Was zeichnet eine gut funktionierende Beziehung aus?", frage ich Franziska. Sie sitzt über ihre Nähmaschine gebeugt und zieht ein Stück Stoff unter die Nadel. Ich sitze ihr gegenüber auf dem Sofa, das in ihrer kleinen Schneiderei der Nähmaschine gegenüber an der Wand steht, und sehe ihr bei der Arbeit zu. Überrascht hebt sie den Kopf und sieht mich an. Sie zieht die Augenbrauen in die Höhe und runzelt erstaunt die Stirn. „Warum fragst du mich das?" „Ich frage", antworte ich, „weil ich mir nicht sicher bin, woran es Johanna und Martin mangelte, dass sie solcherart schwer zueinander fanden. Ich meine: Was kennzeichnet zum Beispiel unsere Beziehung, die Liebe, die wir füreinander empfinden?" Franziska denkt laut nach: „Lass mich mal überlegen. Moment. – Ich würde sagen, Freundschaft und Begehren, vom ersten Augenblick an. Meine Neugier, mein Interesse, aber auch meine Bewunderung und meine Wertschätzung für dich, für das, was du tust, und für das, was du willst, was du dir wünscht und was du von deinem Leben erwarten kannst. Deine aufrichtige Bescheidenheit, Zufriedenheit und Ausgeglichenheit. Hinzu kommt unsere gemeinsame Vergangenheit, die Vielzahl an schönen Erinnerungen. Freude, Fröhlichkeit, Augenblicklichkeit. Ich liebe dich aufgrund der kleinen Aufmerksamkeiten, die du mir zuteilwerden lässt. Wenn du am Morgen aufwachst und mich anlächelst, wenn du mir beim Anziehen zusiehst und ich immer noch deine Blicke auf meinem Körper spüre, als sähest du mich zum ersten Mal, als wolltest du mich sofort wieder ausziehen. Die Liebe, die ich dir zukommen lasse, erachtest du nicht als eine Selbstverständlichkeit, sondern vielmehr als ein Geschenk, das ich dir täglich und immer wieder aufs Neue reiche. Nahezu jeden Tag bestätigst du mir in irgendeiner Weise, mich zu lieben, das empfinde ich als ganz wunderbar. Ich bin mir deiner Treue sicher, wie du mir vertrauen kannst. Ich fürchte nichts oder müsste mich ängstigen, dass du mich verletzen oder verlassen könntest. Ich schätze deine Offenheit, deine Zuverlässigkeit, natürlich schätze ich die kleinen Überraschungen und Geschenke. Was möchtest du hören? Liebe entwickelt sich. Der Alltag, die äußeren Umstände fordern die Liebe immer wieder aufs Neue heraus. Zu lieben bedeutet ebenso, dem Partner die ein oder andere Last abzunehmen, ihm zuzuhören, sofern dieser Kummer hat, oder ihn vom Druck seiner Sorgen zu befreien, ihn zu pflegen, sofern er krank ist. Zu lieben bedeutet für mich auch verzeihen zu können, die Versöhnung, obwohl wir uns gestritten hatten." – Mir schwindelt der Kopf, lausche ich den Worten, die Franziska nach einem kurzen Nachdenken aus ihrer Tasche zaubert und vor mir auf einem Tisch ausbreitet. – „Liebe ist vielseitig, facettenreich, Liebe und Glück sind Ereignisse, die man nicht mit Hilfe weniger Worte zusammenzufassen sind. Bei der Liebe handelt es sich um einen Oberbegriff. Hinter diesem verbirgt sich ein äußerst kompliziertes Geflecht vieler verschiedener Gefühle, Eigenschaften, die aufeinandertreffen und ineinander verwoben eine Gemeinsamkeit anstreben. Ich liebe unsere enge Zusammengehörigkeit, wie ich die Unabhängigkeit liebe, die Gleichberechtigung und den Mangel an Macht innerhalb unserer Beziehung, die Ausgewogenheit. Habe ich etwas vergessen?" – Damit riss Franziska dem Göttlichen der Liebe die Maske herunter. – „Das Göttliche", entgegnete sie, „das Göttliche stellt das Erstrebenswerte in Aussicht. Was aber geht mich die Unsterblichkeit oder Ewigkeit an. Ich blicke auf das Hier und Heute. Ein schöner Tag mit Liebe gefüllt, das ist für mich erstrebenswert. Johanna und Martin aber, für die zwei empfinde ich Mitleid. Sehe ich ihre Hilflosigkeit, die Last, die jeder von beiden zu tragen hat, wundert es mich nicht, dass sie schwer zueinander finden."

Sisyphos

Toni

…, der gewinnsüchtigste der Menschen. Er galt als verschlagen und schlecht. Für seinen Verrat der Götter und dafür, dass er den Tod auf listige Weise in Ketten legte, wurde er bestraft. Ewig hatte er einen Felsblock einen hohen Berg hinaufzuwälzen, der – sobald er den Gipfel erreichte – den Berg wieder hinabrollte.

Ein Rebell? Ein Held? Nutzlose Mühsal bestimmten fortan sein Leben. So scheint es auf den ersten Blick.

Ich vermute eine Vielzahl an Deutungsversuchen dieses Mythos. Bei einem handelt es sich um den von Albert Camus, der erklärte, Sisyphos sich als einen glücklichen Menschen vorstellen zu müssen, glücklich, weil er wider aller Drohungen den Göttern trotzte, den Tod entmachtete und sich trotz aller Strafe mit seiner ganzen Liebe dem Leben zuwandte.

Sisyphos lieferte sich keinem Schicksal aus. Er traf eine Wahl. Das macht ihn zum Menschen. Hierin besteht seine Würde. Er griff nicht – geblendet von falschen Versprechen – nach der Unsterblichkeit, noch bestand seine Absicht darin, ein Vermächtnis zu hinterlassen. Stattdessen stemmte er sich mit aller Kraft gegen den althergebrachten Grundsatz fraglos akzeptierter Autorität, tief verborgen unter der Illusion, dem

Schafspelz, der in Aussicht gestellten Schau universeller Werte, der Allwissenheit. Die Strafe für seine Aufruhr, seinen klaren, wenig kulinarischen Blick auf die Dinge: die Mühsal, der Zweifel, ein Leben in Gegenwärtigkeit, ohne auch nur den geringsten Wert zu schaffen.

Sich seiner wahren Stellung in der Welt bewusst zu sein, das Leben mit klarer Sicht, ohne eine Illusion auszuhalten, erfordert Mut. Die niemals in Gänze aufzulösende Spannung des Bedürfnisses nach Klarheit, Ganzheit, das unermüdliche Streben, aber auch die Enttäuschung bestimmen das Wesen menschlicher Existenz. Dennoch: Niemand sollte sich entmutigen lassen.

Sicher: Während seines Abstiegs wird Sisyphos die Ausweglosigkeit seiner Situation immer wieder ins Bewusstsein gerufen. Sein Bewusstsein hierüber jedoch nimmt dem Schicksal seine Macht. Die Akzeptanz seiner Ausweglosigkeit verschafft ihm einen Sieg, ein Glück.

Ein weiterer Sieg, der besteht im Erfolg – und das sage ich, ohne die Mühsal respektlos erscheinen lassen zu wollen: Der Alltag hält Augenblicke, Phasen bereit, die dem Einzelnen einige Mühe abverlangen. Ja, entbehrungsreiche Momente ohne Aussicht auf ein Ende. Ereignisse, die manch einen an den Abgrund der Verzweiflung treiben. Wiederum gibt es Momente der Ruhe, der Erholung, der Lohn für all die Mühsal. Dies sind die Momente, sobald der Felsblock den Berg hinabrollt und der Geplagte den Berg hinabsteigt. Diese Momente gilt es zu genießen, den Abstieg, und das ohne die geringste Spur eines schlechten Gewissens.

Adam und Eva und die Fremdsprachen

Erwin

Gott hat Adam und Eva erschaffen. So steht es in der
Bibel und so wurde es uns als Kind gelehrt. Man
glaubte es. Die Zweifel kamen erst später. Noch viel
später die Gewissheit, dass es nicht so sein kann. Aber
stellen wir uns einmal vor, es sei tatsächlich so gewesen! Gott erschuf also als erstes menschliches Lebe-
wesen einen Mann: Adam. Dieser benötigte zwecks
Fortpflanzung eine Frau. Gott hätte sie dank seiner
Allmacht genau wie Adam neu erschaffen können,
aber er bastelte sie aus einer Rippe von diesem. Die
erste Frau entstammt also dem ersten Mann. Im Fran-
zösischen sehen wir das an der Bezeichnung „MA-
DAME" – da steckt der gute ADAM ja noch drin. Für
alle späteren Generationen lief die Erschaffung von
Menschen nicht mehr auf göttlicher, sondern auf rein
menschlicher Ebene durch den sexuellen Akt. Schon
bei der zweiten Generation musste Gott nicht mehr
tätig werden. Er hätte sich in seiner Allmacht theore-
tisch ja auch andere Fortpflanzungsmodelle ausdenken und umsetzen können. Kinder hätte er bei-
spielsweise an Sträuchern heranwachsen lassen können, von denen man sie hätte pflücken können. Oder
sie wären im Falle eines Kinderwunsches sanft vom
Himmel herabgeschwebt. Er entschied sich für die
lustvollere Alternative. Adam und Eva wuchsen also
heran. Ach nein, stimmt nicht – sie sind ja als erwach-

sene Menschen erschaffen worden. Aber egal! Diese beiden Menschen mussten sich verständigen und unterhalten können. Dazu hatte ihnen Gott entweder eine Sprache mitgegeben, die sie gar nicht lernen mussten, oder Adam und Eva mussten sich eine solche ausdenken. Letzteres hätte lange gedauert, aber irgendwann hätten sie für alles, was es gibt, einen Begriff gehabt, sie hätten den sprachlichen Umgang miteinander immer weiter entwickelt und schließlich eine funktionsfähige Sprache gehabt. Diese Sprache hätten sie natürlich an ihre Kinder weitergegeben und so wäre es immer weiter gegangen. Generation um Generation hätten sich alle in dieser Sprache unterhalten. Irgendwann hätten Nachfahren von Adam und Eva andere Gegenden besiedelt und sich in immer weiter entfernten Ländern angesiedelt. Jetzt kommen wir zum springenden Punkt: Zu keiner Zeit hätte für irgendeinen Nachkommen der beiden ersten Menschen die Notwendigkeit bestanden, eine ganz neue Sprache zu erfinden und die Muttersprache nicht mehr zu sprechen. Warum aber hätte man das tun sollen? Aus Spaß? Aus Langeweile? Alle sind doch in der Sprache von Adam und Eva groß geworden und haben diese an ihre Kinder weitergegeben. Auch heute noch würden alle Menschen EINE Sprache sprechen. Diese hätte sich sicher regional verändert und Dialekte wären entstanden, aber nie hätte man sich dazu gezwungen gesehen, eine komplett andere Sprache zu erfinden. Ist also nicht allein schon die Tatsache, dass es so viele in

Wort und Schrift ganz unterschiedliche Sprachen gibt, der Beweis dafür, dass die Schöpfungsgeschichte ein Märchen ist? Die Erzählung im Alten Testament bezüglich der babylonischen Sprachverwirrung im Zusammenhang mit dem Turmbau zu Babel würde den Gegenbeweis liefern – wenn man die Geschichte glauben kann. Ich kann's nicht.

Glücksformel

Leo

Glück ist ein Leben in Würde. Ein Leben in Würde gelingt mit dem Gebrauch der Freiheit:

> selbstbestimmt,
> wahrhaftig,
> in Übereinstimmung einer begründeten Wahl.

Die Schlüsselworte sind:

> Autonomie,
> Authentizität,
> Kohärenz.

Der Gebrauch der Freiheit besteht in der Wahl, begründet mit Ja oder Nein eine Entscheidung für oder gegen etwas zu treffen. Über die Güte, das Gute einer Wahl urteilen im Zweifel die Teilnehmenden, die Anderen und der Einzelne, denen gegenüber der Einzelne seinen Ansprüchen Geltung zu verschaffen hat.

Inhalt

Textquellen:

Johanna, Eudämonis, Seite 5: *aus* Jens Hanisch, Mondsee Philomela, Norderstedt 2013.

Franziska, Ausstieg, Liebe II: *aus* Jens Hanisch, Mondsee Philomela, Norderstedt 2013.

SelbstErkenntnis, Schreiben II, Über die Gelassenheit: *aus* Jens Hanisch, Lena van de Velde, Norderstedt 2017.

Glück II, Sisyphos, Glücksformel: *aus* Jens Hanisch, Ein glückliches Leben, *weblog*, Norderstedt 2017 - 2019.

Adam und Eva und die Fremdsprachen: *von* Erwin Altmeier, erwinaltmeier.com, Sprengen 2016.

Bildquellen:

Buchcover: Malerei in Acryl (ohne Titel), Lars Möller, Berlin 1993.

Abbildungen: unVollkommenheit, SelbstSeinWollen, Fortschreiten, SelbstErkenntnis, Spirale II, Jivan Mukta, Glück, Glück II, Liebe: *von* Jens Hanisch, Norderstedt 2017-2019.

Jens Hanisch
Mondsee Philomela

„Johannas Leben ist eine einzige Lüge. Eine Illusion." -
Eine schwerwiegende Anschuldigung. Zu welchem Mittel aber greift ein Mensch, der Welt mit Würde gegen-
überzutreten? - „Soll ich lachen oder weinen?" wird Johanna ihren Freund Martin fragen. „Das große Lachen.
Ist dies wirklich der Weisheit letzter Schluss?"

Hamburg. Dem Gelingen seiner zwei Freunde auf der
Spur richtet Michael, der Besitzer vom Café Kommunal, seine Aufmerksamkeit auf den inneren Konflikt des
zutiefst verletzten Bedürfnisses nach Autonomie und
auf das zehrende Verlangen nach Wiedergutmachung.
Während Johanna als Malerin Zuflucht in ihrer Phantasie sucht, stieg Martin aus seinem Leben als Biologe
aus. Und trotzdem die Vergangenheit ihre Schatten auf
die Gegenwart wirft, trotzen die Freunde dem Vorwurf
der Lebenslüge und führen ihrem natürlichen Willen ge-
folgt ein für sie im Einklang mit sich bejahenswertes
Leben.

Roman, 298 Seiten
ISBN: 978-3-*7448-9323-7*
www.eudämonis.de

Jens Hanisch
Lena van de Velde

Das Eine ist Alles
Alles in Einem
Dies begriffen
Wozu sich um Vollendung
sorgen?   *(Seng-Ts'an)*

Hamburg. Mit dem Rüstzeug seiner Eltern ausgestattet, begegnet Jan während seiner ersten Schritte in Unabhängigkeit Lena, der Tochter eines wohlhabenden hanseatischen Kaufmanns. Eine einzige Nacht mit ihr genügt, sein Selbstvertrauen auf mysteriöse Weise zu erschüttern. Schutzlos wähnt er sich seiner Besucherin gegenüber ausgeliefert. Rückblickend sucht er nach einer Erklärung und beschreibt die unterschiedliche Wahl von drei jungen Menschen und ihrem Aufbruch in die Eigenständigkeit.

Roman, 119 Seiten
ISBN: 978-3-7431-2733-3
www.eudämonis.de